DAS BEZIEHUNGS-KULTUR-BUCH

Habe ich dich gehört?

Ein musikalisches Mitmach-Erlebnis

von Ilka Wiegrefe und Viktor Bauernfeind
Illustrationen von Katharina Piriwe

Singen
Schreiben
Ausschneiden
Anmalen

Renate Götz Verlag

November 2015

A-2731 Dörfles, Römerweg 6
e-mail: info@rgverlag.com
www.rgverlag.com

Bildnachweis
Illustrationen © by Katharina Piriwe . www.piriwe.de
Fotos Ilka Wiegrefe, Viktor Bauernfeind Seite 46 © by Wiegrefe & Bauernfeind
Foto Katharina Piriwe, Seite 46 © by Piriwe

Layout und Gesamtgestaltung
© by outLINE|grafik Eva Denk, A-2340 Mödling . www.outlinegrafik.at

Produktion: Druckerei Paul Gerin, Wolkersdorf . www.gerin.co.at
Printed in Austria

Lied-CD © by Viktor Bauernfeind . www.schlauelieder.at
CD-Produktion: pmt - publico media trading . www.pmt-austria.com

ISBN 978-3-902625-64-9

Inhalt

Vorlagen zum Ausschneiden und Anmalen

Willkommen, liebe Kinder

CD
Track 1

Sing mit!

Intro

G A H7
G A D G A D
Na na na na na, na na na na na

Refrain

D em
Willkommen, liebe Kinder,
fis G
willkommen, guten Tag!
G A
Wir wollen euch begrüßen,
fism hm
auch die Erwachsenen, keine Frag.
G A
Wir wollen nun beginnen.
H7
Hast du dich hingesetzt?
G A D
Denn es beginnt jetzt,
G A D
denn es beginnt jetzt.
G A D G A D
Na na na na na, na na na na na

1. Strophe

G A
Ich schau dir in die Augen,
D
ich reiche dir die Hand,
em A
denen in der Mitte
A7 D
und auch denen am Rand.

Refrain

2. Strophe

Ich höre deinen Namen
und deiner Stimme Klang,
und du hörst die Gitarre
und den Gesang.

Refrain

Text & Komposition Kinderliedermacher Viktor Bauernfeind

Komm, wir stellen dir jemanden vor!

Am liebsten fliegt er in seiner knatternden Raketendose,
er ist ein wirklich unübersehbarer Zeitgenosse,
ich höre ihn schon – er kommt rasant näher ...

dramatisch lesen – ca. wie ein Sport-moderator

Der kleine Drache Hagelsturm
Zum Anmalen und Ausschneiden auf
Seite 37

Das Lied vom Drachen Hagelsturm

CD
Track 2

Sing mit!

Refrain

E
Ich bin da, da, da,
H7
alle sehen mich.
E
Ich bin hier, hier, hier
H7
noch mehr.
E
Ich bin toll, toll, toll,
A
ja, da fragst du dich:
Fis (E) (H) H (cism)(E)
Wo kommt dieser Wicht bloß her?

1. Strophe

fism
Seid gegrüßt, meine Lieben,
guten Tag allerseits!
cism
Wenn ihr gut über mich denkt,
wisst ihr das Wichtigste bereits.
fism
Denn ich bin wahrlich ein lustiger Geselle
Gis
und ich liebe das Laute und das Schnelle.
A H
Achtung, fertig, los! Zwo drei

Refrain

2. Strophe

Ja, ihr wisst, meine Lieben,
ich hab so meinen Stil.
Manche haben schon gemeint,
ich rede zu viel.
Und wenn mich etwas wirklich einmal stört,
hat das manchmal schon die ganze
Nachbarschaft gehört.
Achtung, fertig, los! Zwo drei

Refrain

Text & Komposition Kinderliedermacher Viktor Bauernfeind

Hey, und wer ist das auf der nächsten Seite?

Ihre Stärken werden oft unterschätzt, Tarnen ist eines ihrer Spezialgebiete.
Vorsichtig schaut sie um die Ecke, begrüß mit uns gemeinsam ...

vorsichtig und leise lesen

Die Schildkröte Erni
Zum Anmalen und Ausschneiden auf Seite 39

Das Lied von der Schildkröte Erni

CD
Track 3

♫ Sing mit!

1. Strophe

C G C
Manchmal ist es kalt,
F C
manchmal weht der Wind,
F G E F F G am
und in mir drinnen ist es wunderbar warm,
F G E F F G C
und in mir drinnen ist es wunderbar warm.

2. Strophe

Manchmal ist es dunkel,
draußen ist die Nacht,
und in mir drinnen hab ich Licht gemacht,
und in mir drinnen hab ich Licht gemacht.

3. Strophe

Manchmal ist es laut,
draußen hat's gekracht,
und in mir drinnen ist es sorgsam und bedacht,
und in mir drinnen ist es sorgsam und bedacht.

4. Strophe

Manchmal ist es schnell,
manchmal ist so viel,
und in mir drinnen ist es angenehm still,
und in mir drinnen ist es angenehm still.

Text & Komposition Kinderliedermacher Viktor Bauernfeind

Uuups - ein altes Gedicht

Da ist es schon passiert! Der kleine Drache Hagelsturm und die Schildkröte Erni sind sich begegnet, ohne zu wissen, wie das wirklich geht. Noch nie hat ihnen jemand erklärt, was man tun kann, wenn man so verschieden ist. Und so haben sie einfach das gemacht, was sie sich bei den Erwachsenen abgeschaut haben.

Versuche es so richtig gedicht-mäßig zu lesen – ein bisschen so wie ein Theaterstück!

Und pass gut auf, wenn die Schildkröte Erni etwas sagt, lies eher leise und vorsichtig; beim kleinen Drachen Hagelsturm eher laut und energievoll!

Die Schildkröte Erni und der kleine Drache Hagelsturm

Die Schildkröte Erni möchte euch etwas sagen:
„Ich such nun schon seit einigen Tagen
jemanden, mit dem ich froh sein kann,
eine Freundin, einen Freund, ein ganz liebes Wesen;
vielleicht käm's gelaufen oder geflogen auf 'nem Besen;
jemand, mit dem es sich spielen lässt,
vielleicht Höhle bauen, vielleicht Vogelnest.

Da habe ich diesen Platz gefunden;
nach einer Wanderung von einigen Stunden,
hab mich umgesehen und hab mir gedacht,
wie schön es wär zu zweit zu sein,
sich vorsichtig kennenlernen und nicht mehr allein –
hab mich umgesehen, mir's gemütlich gemacht,
mich gefreut und bemerkt, dass die Sonne lacht."

Da düst mit einem großen Knattern,
etwa so, als würden 50 Autos rattern,
fliegend – hinterm Horizont
ein Fluggerät wie eine Dose – in der ein kleiner Drache sitzt;
Rakete lenkend, fröhlich lachend,
und vom Steuern ganz verschwitzt;
rasend kommt er jetzt noch näher,
Schildkröte Erni schreckt sich eher.

„Ich bin ja schon ein liebes Tier,
die Pflicht zur Vorsicht seh ich hier
und zieh sofort mein Köpfchen ein,
will mir all das schnelle, aufregend laute Geschehen
vorerst von meinem Panzer aus
in Sicherheit ansehen.

Bühnen-Auftritt für Erni und den kleinen Drachen Hagelsturm: Bewege die ausgeschnittenen und angemalten Figuren von Seite 37 und 39 passend zum Gedicht.

Mit einem Rumpeln, das ich, Erni, so nicht kann,
kommt der Drache mit seiner Dose
neben mir an."

„Hallii, halloo! Ich bin ein Drache!"
Der Erni ist es echt zu laut.
„Ich spring aus der Raketendose,
jetzt wird auf den Putz gehaut,
jetzt wird gelacht, getanzt, gespielt!"
Erni fragt sich: „Was, so wild?"
„Ich lauf jetzt gleich mal um die Wette,
ihr werdet seh'n, dass ich gewinn,
weil ich der schnelle, supertolle,
einzige Drache Hagelsturm bin!"

Die Erni meint, ihr ist's zu viel.
„Ich such zwar auch wen für ein Spiel,
such Freundschaft und Geselligkeit
hier auf dieser schönen Welt,
doch dieser schnelle freche Wicht
hat sich nicht mal freundlich vorgestellt.
Nein! Ich bin doch nicht von Sinnen,
ich bleib in meinem Panzer drinnen."

Der Drache erkennt das Panzertier
schon von Ferne als Spielkamerad,
auch wenn dieses aus Sicherheit
Schwanz und Kopf gut eingezogen hat.
„Haaallooo!", ruft er, „komm, wir spielen!
Fahr mal deine Füße aus!"
Doch die Erni flüstert leise:
„Nein, ich bin gar nicht zu Haus.
Ich will gar nicht mit wilden Drachen
lauter wilde Sachen machen,
dabei schau ich nicht mal zu.
Ich bin die Schildkröte Erni und du
lass mich in Ruh."

*Da kommt Stress bei Erni auf!
Zu oft war ihr schon jemand zu nah und auch zu laut!*

Dem Drachen, dem gefällt es nicht,
dass er keinen zum Spielen hat,
wütend wird da sein Gesicht
und auch traurig: „Ich hab's satt,
dass keiner mit mir spielen will,
wenn ich grad einmal beginn,
obwohl ich doch – das müsst ihr gestehen –
so ein toller Drache Hagelsturm bin."

Auch die Erni findet's schad,
dass sie mit dem Drachen Hagelsturm
keinen Spielkameraden hat.

Da kommt Stress beim kleinen Drachen Hagelsturm auf! Zu oft hat er schon erlebt, dass niemand für ihn Zeit hat!

Na, kein Wunder, dass wir dieses Gedicht zerknüllt im Papierkorb gefunden haben! Das ist ja wirklich nicht gut ausgegangen. Dabei haben doch beide jemanden zum Spielen gesucht und beide haben sich alleine gefühlt. Jeder auf seine Art.

Wie können die zwei es nur schaffen? Ein „Vertragt euch einfach!" oder „Seid nett zueinander!" reicht da nicht aus! Wir brauchen richtig gute Ideen. Ideen, die der Schildkröte Erni und dem kleinen Drachen Hagelsturm wirklich weiterhelfen, etwas ganz Neues zu erleben!

Höre dir dazu am besten gleich mal Lied Nummer 4 an!

Ja, so manches lerne ich von dir

CD
Track 4

♫ Sing mit!

1. Strophe

Singt Schildkröte Erni (SE):

A D A A D A
Sei bitte ein wenig leiser, das ist mir zu laut,
A D A A D A
da habe ich mich gar nicht aus meinem Versteck getraut.
D E A
Da habe ich mich gar nicht aus meinem Versteck getraut.

Singt Drache Hagelsturm (DH):

Sei bitte ein wenig lauter, dass ich dich hören kann,
so merk ich, du bist da, und eine Begegnung fängt an.
So merke ich, du bist da, und eine Begegnung fängt an.

SE:

cism D
Sei bitte ein wenig langsamer, so schnell bin ich nicht,
cism E
und ich möchte vermeiden, dass sich jemand etwas bricht.

Refrain

E A E D E A
Ja, so manches lerne ich von dir, ja, so manches lernst du von mir.

2. Strophe

DH:

Sei bitte ein wenig flotter, sonst komm ich nirgends hin,
und ich will viel entdecken, weil ich neugierig bin.
Ich will viel entdecken, weil ich neugierig bin.

SE:

Sei bitte ein wenig vorsichtiger und schau mal einfach hin,
dann erkennst du gleich, dass ich wer anderer bin.
Dann erkennst du gleich, dass ich wer anderer bin.

DH:

Sei bitte ein wenig mutiger, damit wir nichts versäumen,
ich möchte von den Abenteuern nicht nur träumen.

Refrain

Ja, so manches lerne ich von dir, ja, so manches lernst du von mir.

Text & Komposition Kinderliedermacher Viktor Bauernfeind

Wir können

„Wow, das ist ja toll! Wenn wir genau hinschauen, können wir voneinander lernen!", platzt es da gleichzeitig aus dem kleinen Drachen Hagelsturm und der Schildkröte Erni heraus. „Wir überlegen einfach, wer von uns was gut kann!", schlägt die Schildkröte Erni vor.

Versuche möglichst viele positive Eigenschaften für den kleinen Drachen Hagelsturm zu finden – er kann sooo vieles sehr gut!

Schreibe in ROT

alle so viel!

Versuche möglichst viele positive Eigenschaften für die Schildkröte Erni zu finden – sie kann sooo vieles sehr gut!

Schreibe in GRÜN

vorsichtig

kann gut zuhören

Besprich dich auch mit jemand anderem, deiner Mama, deinem Papa, Schwester, Bruder, Freundin, Freund oder mit deinen Klassenkameraden. Solltet ihr noch Ideen brauchen, könnt ihr auch auf Seite 43 nachschauen!

„Mensch, Viktor, wir reagieren ja manchmal genau wie der kleine Drache Hagelsturm und wie die Schildkröte Erni! Vor allem dann, wenn wir in Stress geraten. Ich muss mal nachdenken ... mhmm ... ah, ich hab's! Zum Beispiel wenn ich das Gefühl habe, du magst mich nicht oder ich bin gar nicht wichtig."

„Ja, stimmt! Mir geht es so, wenn ich mich fürchte; wenn ich unsicher bin und das Gefühl habe, dass du dich sooo groß und wichtig machst.
Mir fällt dann gar nichts mehr ein, was ich noch sagen könnte."

Ja, das sind unsere automatischen Schutzmuster

Und du?

Überlege mal, wenn du in Stress gerätst: Verhältst du dich dann eher wie die Schildkröte Erni oder wie der kleine Drache Hagelsturm?

Wenn ich in Stress gerate, verhalte ich mich eher wie

Was wir voneinander lernen können

„Lass uns gleich einmal aufschreiben, was wir voneinander lernen können! Wir brauchen ja nur zu schauen, wem was besonders gut gelingt. Das müsste dann genau das sein, worauf der andere ab jetzt achtgibt, es ein bisschen mehr zu entwickeln.“ „Ja, genau, am besten wir schreiben bei dem kleinen Drachen Hagelsturm in grün, was er sich von der Schildkröte Erni abschauen kann, und bei der Schildkröte Erni in rot, was sie vom Drachen Hagelsturm lernt.“

Hilf gleich mit!

gut zuhören
vorsichtig sein

mutig sein
lustig sein

„Ilka, da suche ich mir gleich etwas aus, das ich noch nicht so gut kann, und das übe ich jetzt eine Woche lang. Vielleicht schreibe ich es mir sogar auf ein Zettelchen, damit ich immer wieder daran erinnert werde. Ich könnte mir vorstellen, ich vergesse es sonst ganz leicht.“
„Tolle Idee! Ich mach mit! So kommen wir uns bestimmt näher! Ich glaube, wenn du manchmal ein bisschen lauter und mutiger bist, fällt es mir auch viel leichter, ein bisschen leiser und vorsichtiger zu sein!“
Da schauen der kleine Drache Hagelsturm und die Schildkröte Erni mit großen Augen und kommen aus dem Staunen kaum heraus. Dieses Mal ist es Erni, die als Erste sagt: „Ich mache natürlich auch mit. Ich nehme mir für die nächste Woche vor, ein bisschen schneller zu sein.“ „Und ich mir, auch mal geduldig abzuwarten“, ist der kleine Drache Hagelsturm schnell mit dabei.

Was nimmst du dir vor?

Suche auch du dir einen Punkt aus der Liste aus. Etwas, das dir nicht so leichtfällt. Wenn du möchtest, schreibe es auf ein Zettelchen und gib dies dorthin, wo du es möglichst oft siehst. Wichtig ist, dass du dir nur eines vornimmst und, erst wenn dir dies ein bisschen leichter fällt, ein anderes. Leg gleich los!

auch Papas, Mamas, LehrerInnen

Für die kommende Zeit nehme ich mir vor, ein bisschen

______________________________ zu sein.

Manchmal will´s einfach nicht klappen!

Da kommt Stress auf. Zu oft hatten wir schon das Gefühl, nicht gelten zu dürfen.

Geht's dir manchmal auch so?

Du hörst anderen nicht gut zu, weil du selbst eine Meinung im Kopf hast, die du sooo richtig und wichtig findest und unbedingt mitteilen möchtest?
Und alles, was du dir wünschst, ist, dass du einfach gehört und verstanden wirst?
Dass du einfach mit deinen Gedanken, Ideen und Wünschen da sein darfst?

Und dann überlege dir, wie es für die anderen ist. Stell dir vor, denen geht es ganz genau so wie dir.
Vielleicht ganz ähnlich wie im nächsten Lied.

Das tut mir gut

CD
Track 5

Sing mit!

1. Strophe

hm A
Es kommt vor, ich denke schon über die Antwort nach,
A Fis
während du mir noch etwas sagst.
G D
Überlege, wie ich mich wehren kann;
Fis
weil du dich beklagst.
G hm
Und Gespräche wie diese verlaufen oftmals schlecht,
G E A
weil wir darum kämpfen: Wer hat denn jetzt recht?

Refrain

D A D
Doch dass ich, ganz genau ich, dich, ganz genau dich,
G A D
höre und verstehe, das tut mir gut.
D A D
Dass du, ganz genau du, mich, ganz genau mich,
D G A D
hörst und verstehst, das tut mir so gut.

2. Strophe

Manchmal fallen mir wilde Worte ein,
während ich dir etwas erklär,
weil du das nicht so siehst wie ich,
kann ich nicht mehr.
Und Gespräche wie diese verlaufen oftmals schlecht,
weil wir darum kämpfen: Wer hat denn jetzt recht?
Refrain: Doch wenn ich ...

3. Strophe

Wenn ich merke, du hörst mich gut und willst mich auch verstehen,
bin ich bereit, mit dir gemeinsam deinen Weg zu sehen.
Und Gespräche wie diese verlaufen oftmals wundervoll,
und was dabei herauskommt, das ist toll.
Refrain: Wenn ich ..., wenn du ...

Text & Komposition Kinderliedermacher Viktor Bauernfeind

Über die Brücke komm ich zu dir

„Duu-u, Erni", meint der kleine Drache Hagelsturm, „es ist wunderschön dir zuzuhören. Wenn ich verstehe, wovon du träumst, was du fühlst, was dir Angst und was dir Spaß macht, dann ist es, als würde ich über eine Brücke gehen und ein neues Land entdecken. Dein Land."
Erni antwortet: „Mir geht es genauso. Für mich ist dein Land richtig aufregend. Mit dir lerne ich ganz Neues kennen." „Ja, jeder und jede von uns denkt und fühlt anders. Das ist großartig; und wenn wir uns zuhören und unsere verschiedenen Ansichten und Gefühle gelten lassen, fühlen wir uns verbunden. Ich glaube, das ist genau das, was wir alle brauchen und nach dem wir uns sehnen."
Da staunen die beiden und spüren etwas ganz Großes in ihrem Herzen. Und als sie sich in die Augen schauen, steht vor lauter Freude und Verbundenheit jedem von ihnen eine dicke Glücksträne in den Augen.

Kommt, singt alle mit! Viktor hat einen Kanon geschrieben.

„Jupiii, das probieren wir gleich aus!", ist der kleine Drache Hagelsturm ganz außer sich. Und die Schildkröte Erni macht richtig gerne mit.

Über die Brücke

G am G am
Über die Brücke komm ich zu dir.
Und du erzählst mir, was dich berührt,
was dir weh tut, was dich freut.
Ich hör dich heut.

CD
Track 6

Sing mit!

Text & Komposition Kinderliedermacher Viktor Bauernfeind

Das ist mein Brückenbild

Wie sieht dein Brückenbild aus?
Wer kommt zu wem über die Brücke?
Male als Erstes dein wichtigstes Brückenbild – das, welches dir zu allererst einfällt.

Ich höre dich und du hörst mich

„Manchmal schaffe ich es nicht und nicht und nicht, dass ich dich höre und dich gelten lasse, Erni", sagt der kleine Drache Hagelsturm ein bisschen wütend und auch traurig.

Die Schildkröte Erni ist sehr berührt, weil der kleine Drache Hagelsturm so ehrlich ist. Da schaut sie dem kleinen Drachen Hagelsturm in die Augen und plötzlich wird es ihr ganz warm ums Herz. Und sie spürt, wie sie dadurch stark und mutig wird: „Weißt du was? Mir gelingt es auch nicht immer. Eigentlich sogar ziemlich oft nicht." Erni ist ganz erstaunt, wie leicht es ihr fällt, über ihre Schwächen zu sprechen.

Plötzlich strahlen ihre Augen. „Ich habe eine Idee! Wie wäre es, wenn wir so tun, als wenn wir ein Spiegel sind?" „Was meinst du damit?" „Na, wenn du etwas sagst, wiederhole ich einfach genau in deinen Worten noch einmal alles, was du gesagt hast, und frage zum Schluss, ob ich dich gehört habe."

„Mhmm, gute Idee! ... Aber, na ja, vielleicht komme ich mir dann wie ein Papagei vor", entgegnet der kleine Drache Hagelsturm. Da schaut ihn Erni mit ihren offenen, warmherzigen Augen an, gerade so, dass er es bis in seinen Bauch hinein spüren kann.

„Ich glaube, es funktioniert, wenn das Herz dabei ist ... Lass es uns einfach versuchen."

Durch das Spiegeln fühlen wir uns gehört und verbunden, selbst wenn wir anderer Meinung sind.

Ich höre, du sagst

Bei diesem Lied kannst du so richtig spüren, wie schön es ist gehört zu werden. Vielleicht hast du dir das manches Mal schon gewünscht.

CD
Track 7

Sing mit!

1. Strophe

hm A hm
Ich höre, du sagst, du bist so wütend.
hm A hm
Ich höre, du sagst, das war überhaupt nicht fair.
hm A Fis
Ich höre, immer wirst du geschimpft, das macht
hm
dich zornig.
hm A hm
Habe ich dich gehört?

Ich höre, du sagst, jetzt geht es dir schon besser.
Ich höre, du sagst, schade ist es schon.
Ich höre, die Traurigkeit nimmt langsam ab.
Habe ich dich gehört?

Refrain

D A
Ich sehe deine Wut, spüre deine Traurigkeit,
hm Fis
ich denke, da ginge es mir ebenso.
G D
Ich kann gut verstehen, dass du Vertrauen
brauchst.
Fis
Habe ich dich gehört?

2. Strophe

Ich höre, du sagst,
du freust dich auf morgen.
Ich höre, du sagst,
das wird sicher schön.
Ich höre, du liebst es
mit Freunden zu spielen.
Habe ich dich gehört?

Ich höre, du sagst, es geht dir so gut.
Ich höre, du sagst,
du hast wieder Mut.
Ich höre, dass du dankbar bist.
Habe ich dich gehört?

Refrain

Ich seh deine Freude
und deinen Stolz.
Ich merke, du bist nicht mehr allein.
Ich freue mich, dass du zufrieden bist.
Das ist gut.

Text & Komposition Kinderliedermacher Viktor Bauernfeind

Lade andere ein, kleine Spiegeldialoge mit dir gemeinsam auszuprobieren – versucht es einfach.

Ihr könnt folgende Satzanfänge verwenden:

- „Ich kann gut ..."
- „Letzte Woche hat mir am besten gefallen, als ..."
- „Ich fühle mich ..., weil ..."

Und probiere unbedingt auch aus:

- „Ich schätze an dir ..."

Natürlich könnt ihr euch auch selbst etwas einfallen lassen.

Beispiel:
„Ich fühle mich aufgeregt, weil heute mein Geburtstag ist."

„Ich höre, du fühlst dich aufgeregt, weil heute dein Geburtstag ist. Habe ich dich gehört?"

Achtung! Spiegeln ist eine Kunst! Lasse den Satz immer erst bei dir im Herzen ankommen – dann wiederhole ihn. Du wirst es gleich spüren – es sind richtige Geschenke!

Ein neues Gedicht

Da sagt die Schildkröte Erni plötzlich:
„Könnte das Gedicht nicht viel schöner enden?
So, dass wir beide doch noch Freunde werden?"
„Bestimmt", antwortet der kleine Drache Hagelsturm.
„Nach allem, was wir jetzt wissen. Wer könnte uns da nur helfen?
Du vielleicht?"

Versuche es doch mal! Hier ist der Anfang des Gedichts.

Dichte einfach weiter.

Was können die beiden anders machen, damit es gelingt?

Die Schildkröte Erni möchte euch etwas sagen:
„Ich such nun schon seit einigen Tagen
jemanden, mit dem ich froh sein kann,
eine Freundin, einen Freund, ein ganz liebes Wesen;
vielleicht käm's gelaufen oder geflogen auf 'nem Besen;
jemand, mit dem es sich spielen lässt,
vielleicht Höhle bauen, vielleicht Vogelnest.

Da habe ich diesen Platz gefunden;
nach einer Wanderung von einigen Stunden,
hab mich umgesehen und hab mir gedacht,
wie schön es wär zu zweit zu sein,
sich vorsichtig kennenlernen und nicht mehr allein –
hab mich umgesehen, mir's gemütlich gemacht,
mich gefreut und bemerkt, dass die Sonne lacht."

Da düst mit einem großen Knattern
etwa so, als würden 50 Autos rattern,
fliegend – hinterm Horizont
ein Fluggerät wie eine Dose – in der ein kleiner Drache sitzt;
Rakete lenkend, fröhlich lachend,
und vom Steuern ganz verschwitzt;
rasend kommt er jetzt noch näher,
Schildkröte Erni schreckt sich eher.

„Ich bin ja schon ein liebes Tier,
die Pflicht zur Vorsicht seh ich hier
und zieh sofort mein Köpfchen ein,
will mir all das schnelle, aufregend laute Geschehen
vorerst von meinem Panzer aus
in Sicherheit ansehen.
Mit einem Rumpeln, das ich, Erni, so nicht kann,
kommt der Drache mit seiner Dose
neben mir an."

Mein neues Gedicht

Auch wir haben es versucht, hier ist unser Ergebnis:

„Halli, hallo", so spricht der Drache.
Erni ist es nicht zu laut.
„Ich steig gemütlich aus der Raketendose."
Auch Erni hat aus dem Panzer geschaut.
„Ich suche jemanden, der mit mir spielt."
Und Erni sagt: „Aber bitte nicht zu wild!"
„Komm, laufen wir doch um die Wette!
Du wirst sehen, dass ich gewinn,
weil ich der schnelle, supertolle,
einzige Drache Hagelsturm bin."

Der Erni ist es fast zu viel.
Sie denkt: „Ich suche auch
wen für ein Spiel,
suche Freundschaft und
Geselligkeit
hier auf dieser schönen
Welt,
doch du bist so ein
schneller Wicht;
Ich habe mich noch nicht
einmal vorgestellt."
Sie nimmt sich allen Mut, reckt ihr Köpfchen heraus
und spricht es klar und deutlich aus:

„Hallo, ich bin die Erni und würde gerne spielen.
Nur Wettlauf gehört nicht zu meinen Zielen.
Da bist du so gut, da hab ich keine Chance,
wir sollten etwas finden mit mehr Balance.
Wie wär´s mit Verstecken, das kann ich perfekt."
Der Drachen meint: „Ich hab mich noch nie
versteckt,
aber wenn du willst, wir können es probieren,
ich denke, da kann nicht viel passieren."

Die Erni, die freut sich, sie fühlt sich gehört,
der Drache ist zufrieden, er hat gar nicht gestört.
Er fühlt sich willkommen, das ist für ihn neu.
„Weißt du", sagt er, „dass ich mich freu?
Und danach spielen wir das nächste Spiel,
ich schlage vor, du fliegst mit mir."
„Was tu ich, wenn ich den Halt verlier
oder wenn ich Angst bekomme?"
„Ruf einfach STOPP, dann werde ich landen
und vorsichtig haben wir sicher bald
die ersten Übungen bestanden."

So lernte der Drache viele Arten,
sich in der Welt gut zu verstecken,
hinter Büschen, Bäumen, Ecken.
Und die Erni lernte zu fliegen,
sie wurde getragen und sah von der Welt
mehr, als sich je eine Schildkröte vorgestellt.
Sie trafen einander, sahen sich von vielen Seiten
immer wieder – in sonnigen und in stürmischen Zeiten.

*Juhu,
es ist gelungen!*

Rückblick und Ausblick

Da sitzen die beiden eines schönen Nachmittags an einem gemütlichen Platz, blicken in die Landschaft hinaus und schmunzeln zufrieden. Sie erinnern sich an die Zeit, als sie einander kennenlernten und wie es ihnen dabei erging.
„Weißt du noch, wie das damals war?“, fragt der Drache Hagelsturm und beginnt ein Lied zu singen, in das die Schildkröte Erni in der zweiten Strophe mit einstimmt.

Als ich dich das erste Mal traf

CD Track 8

Sing mit!

1. Strophe

Singt Drache Hagelsturm (DH)

```
  E              H              Gis
Als ich dich das erste Mal traf,
          A      H            E
dachte ich, du bist mir zu brav,
          Gis                 cism
bist so vorsichtig und verkriechst dich gleich,
      A                H
und wirst bei jeder Bemerkung weich.
      A                  H
Erst langsam habe ich entdeckt,
  Gis                     cism
hinter deiner stillen Mauer
  Gis                cism
bist du doch viel schlauer,
            A              H
da ist ein netter Wicht versteckt!
```

Refrain

```
           E                    Gis
Dass du anders bist, stört mich nicht mehr,
        A              H
denn wir ergänzen uns so sehr.
          A                 H
Ja, ich find es gut, dass du anders bist,
           Gis      A        H      E
weil das ganz oft auch ein Vorteil ist.
```

2. Strophe

Singt Schildkröte Erni (SE)

Als ich dich das erste Mal traf,
dachte ich, du bist zu grob und so scharf,
bist so schnell, so wild und auch so laut,
und glaubst, dass sich keiner außer dir
was traut.
Erst langsam habe ich entdeckt,
hinter deinen wilden Faxen
können viele Ideen wachsen,
da ist ein wacher Wicht versteckt.

Refrain

Text & Komposition Kinderliedermacher Viktor Bauernfeind

3. Strophe

E H E
DH: Von dir lerne ich zur Ruhe zu kommen,
E H E
Bühnenauftritte ausgenommen.
Gis cism
SE: Von dir lerne ich, dass ich gut hinschau,
A H
und mich auch zu beschweren trau.
A H
DH: Du zeigst mir, wie's auch freundlich geht.
Gis cism
SE: Und du mir, wie man einen Streit besteht.
Gis cism
DH: Und du mir, dass ich zart sein kann.
A H
SE: Und dann fang ich mit dir zu fliegen an.

Refrain

Erni, hast du noch einen abschließenden Tipp für uns?
„Warte mal, ich habe sooo viel gelernt, ich muss mal überlegen. Na ja, ich glaube, wir sollten uns viel öfter mit warmen, aufmerksamen Augen und Ohren anschauen und hören. Damit können wir uns gegenseitig Halt und Sicherheit geben. Unser Gegenüber spürt das sofort und braucht dann nicht zu kämpfen. Wenn ich den kleinen Drachen Hagelsturm mitten im Satz unterbreche, fühlt er sich nicht willkommen und auch nicht wichtig genug. Das verstehe ich jetzt. Auch nicht, wenn ich wegschaue, während er mit mir spricht. Er fühlt sich dann nicht gehört. Das tut ihm weh und er ist traurig – meistens schaut er dann wütend aus. Bei mir ist es ja genau dasselbe. Nur zeige ich meine Gefühle meistens nicht so deutlich. Ich verkrieche mich dann." Erni denkt weiter angestrengt nach.
„Wenn wir uns mit offenem Herzen und warmen, interessierten Augen anschauen und uns zuhören, fühlen wir uns sicher und wohl und wir können uns sogar richtig spüren. Und dann können wir uns auch alles, alles sagen, was uns auf dem Herzen liegt. Und das Tolle ist, wir verstehen es dann beide."
„Wow, Erni! Das hast du so schön erklärt! Danke schön!", freut sich Ilka und ist so berührt, dass sie Tränen in den Augen hat.

Du hast diese Verbindung vielleicht schon einmal mit deinen Eltern erlebt, mit einer Freundin, einem Freund oder mit deiner Lehrerin, deinem Lehrer. Solche Verbindungen geben uns Entspannung, wir fühlen uns wohl, haben viel Energie, können gut lernen und vieles, vieles mehr. Das meinen wir mit:
„Ich schenk dir meine Augen, ich leihe dir mein Ohr."

Ich schenk dir meine Augen, ich leihe dir mein Ohr

CD
Track 9

♫ Sing mit!

1. Strophe

C G C
Ich schenk dir meine Augen, ich leihe dir mein Ohr,
dann kommen freundliche Worte ganz von selbst hervor.
Sie lassen mich verstehen, was dir wichtig ist,
und dass deine Wut, dein Groll auch berechtigt ist.

2. Strophe

Schenkst du mir deine Augen und leihst du mir dein Ohr,
kommt, was ich wirklich denke, ganz von selbst hervor.
Dann kannst du auch verstehen, warum ich wütend war,
und was ich da so fühle, wird uns allen klar.

Refrain

F C
Und wenn wir uns verstehen, dann fasse ich wieder Mut
F G
und ich hab das Gefühl, alles wird gut.

3. Strophe

Ich schenk dir meine Augen, ich leihe dir mein Ohr,
es kommt, was du dir innig wünschst, ganz von selbst hervor.
Es zeigt mir deine Ziele, sie sind wunderbar,
und wenn wir zusammenhelfen, werden Träume wahr.

Refrain

4. Strophe

Schenkst du mir deine Augen und leihst du mir dein Ohr,
kommt unsere Verbundenheit ganz von selbst hervor.
Wir reichen uns die Hände – gut, dass es dich gibt,
vom Anfang bis zum Ende, gut, dass es dich gibt.

Und du, kleiner Drache Hagelsturm, du möchtest doch zum Abschluss sicher nichts mehr sagen, oder ☺?
„Oh, natürlich, wo kommen wir da hin? Ich habe noch einen letzten Gedanken, wahrscheinlich den ultimativen Gedanken, den genialen, den besten ...! Das war jetzt nur Spaß. Ich fühle mich sooo wohl und sicher, ich übertreibe ja meistens gar nicht mehr so sehr, um gehört und gesehen zu werden; zumindest nicht bei meiner Freundin Erni.
Jetzt meine Idee: Macht das einfach alle so!!! Wenn alle in der Familie oder einer Gruppe das Gefühl haben, willkommen zu sein, ist das wunderbar. Und dieses Gefühl könnt ihr einander schenken. Ihr könnt mit dem nächsten Lied alle in der Familie, jeden Freund, jede Freundin, jedes Kind in der Klasse, jede und jeden, den ihr kennenlernt oder der neu in euer Land kommt, willkommen heißen. Ihr könnt die Gemeinschaft genießen, vielleicht sogar feiern und es voll Begeisterung heraussingen.
Aus vollem Herzen, dass alle genau jetzt da sein dürfen. Jeder Mensch gleich.
In der Familie, in der Schule, im Ort, im Land, in Europa, auf der ganzen Welt, auf dem Mond, in unserer Galaxie, in unseren Nachbargalaxien, einfach überall."
Erni: „Mhmm – genau!!"

Ich bin da, du bist da

CD
Track 10

♫ Sing mit!

Refrain

E H
Ich bin da, du bist da,
Gis A H
und wir singen miteinander: Wunderbar!
E H
Ich bin da, du bist da,
Gis A H E
und wir singen miteinander: Wunder- wunderbar!

1. Strophe

E H
Ich reiche dir die Hand, seh dir ins Gesicht,
cism A
deine Augen funkeln wie ein Licht.

Macht miteinander die Bewegungen in den Strophen mit!

Refrain

2. Strophe

Ich neige mich zur Mitte und winke euch zu,
und ich sehe: Da bist du!

Refrain

3. Strophe

Ich drehe mich im Kreis und ich freue mich,
und nach einer Runde seh ich wieder dich.

Refrain

4. Strophe

Eingehängt dreh'n wir uns zu zweit im Kreis,
das ist gut, denn ich weiß:

Refrain

Text & Komposition Kinderliedermacher Viktor Bauernfeind

Mein kleiner Drache Hagelsturm

Zum Anmalen und Ausschneiden

Meine Schildkröte Erni

Zum Anmalen und Ausschneiden

Zum Anmalen und Ausschneiden

Vielleicht hast du Lust, deinen eigenen Kreis zu zeichnen? Nimm ein großes Blatt Papier und schon kann es losgehen ...

Was wir voneinander lernen können

– Tabelle Seite 19
Gleichzeitig sind dies die Eigenschaften, die wir gut können (Seite 16 und 17).

Das kann der Drache Hagelsturm lernen:	Das kann die Schildkröte Erni lernen:
gut zuhören	mutig sein
vorsichtig sein	lustiger sein
langsamer sein	schneller sein
zurückhaltender	unterhaltsamer
leiser	lauter
erst gut nachdenken	handeln
beruhigen	aktivieren
abwarten	spontan sein
Gemütlichkeit	Tatendrang
kompromissbereit sein	ruhig auch mal Führungsrolle übernehmen
Streit schlichten	Gefühle sichtbar machen
ausgleichende Wirkung	andere begeistern

Was wir euch wünschen

Liebe Kinder, liebe Eltern, liebe/r LehrerIn, wir haben nun auf diese Weise viel Zeit miteinander verbracht. Wir danken euch für so viel Interesse und dass ihr mitgemacht habt. Wir wünschen euch viel Freude miteinander und dass ihr einander von Herz zu Herz spürt und füreinander da seid. Wir wissen selbst sehr gut, niemand ist von heute auf morgen ein Engel und nicht alles gelingt gleich perfekt. Ihr werdet vielleicht auch in Zukunft hin und wieder aufbrausend oder sehr zurückgezogen sein. Ihr werdet aber neu darüber denken können und immer mehr voneinander lernen. So werden die schönen Begegnungen mehr und das zwischenmenschliche Klima auf unserer Welt immer freudiger und sicherer. Und irgendwann einmal, wenn ganz, ganz viele Menschen gut zuhören können, dann können alle Träume wahr werden.
Wichtig ist, dass jeder, der davon weiß, gleich anfängt, immer weiter übt und es mit anderen teilt.
Das alles wünschen wir euch und uns von ganzem Herzen,
Ilka Wiegrefe und Viktor Bauernfeind

P.S.: Berichtet uns über eure Erfahrungen, Ideen und Erfolge, ruhig auch über jenes, das nicht so gut gelingt; dies gehört genauso dazu und ist willkommen!
Wir freuen uns über Post!
Ihr findet uns im Internet!

Team Präsent
Institut für Gewaltprävention und Beziehungskultur
www.team-praesent.at

Nachwort

Vielleicht fragst du dich, ob all das jemand anderer außer uns auch noch gut findet und ob wir das alles neu erfunden haben.
Die Lieder, Texte und Zeichnungen in diesem Buch haben wir uns für dich und alle LeserInnen und SängerInnen ganz neu ausgedacht. Das kommt daher, weil wir seit einigen Jahren diese Inhalte und Übungen in Schulworkshops und auch zuhause anwenden. Und fast alle machen mit Begeisterung mit und fühlen sich endlich mal so richtig gehört. Das bringt uns dazu, dass die Hagelstürme unter uns ein bisschen mehr zur Ruhe kommen und die Schildkröten unter uns mutiger werden können. Das tut sooo gut! Es macht ruhig und zufrieden und außerdem können wir dann viel besser lernen.
Also dachten wir uns, das sollen möglichst viele Menschen kennenlernen, und haben dieses Buch und die Lieder geschrieben.
Hinter all dem Wissen von uns stecken jedoch auch noch andere.
Nämlich Harville Hendrix und Helen LaKelly Hunt, die sich seit vielen Jahren mit Beziehungen zwischen Menschen beschäftigen, unser Verhalten gegenüber anderen erforschen und aus all ihren Ergebnissen heraus die Imago-Methode erfunden haben. Und in dieser Methode gibt es genau diese Sätze: Ich höre, du sagst ... Habe ich dich gehört? ... Ich komme zu dir über die Brücke ... ja, sogar die Bezeichnungen Hagelsturm und Schildkröte. Und schon ganz viele Menschen in vielen, vielen verschiedenen Ländern lernen mit dieser Methode zusammen glücklich zu sein.

... daraus entsteht ein großes Dankeschön

an euch, Harville Hendrix und Helen LaKelly Hunt. Ihr habt für viele Menschen Frieden in ihren Beziehungen ermöglicht.
Danke an euch, Hedi und Yumi Schleifer, die ihr die Imago-Methode nach Europa gebracht habt.
Danke an euch, Sabine und Roland Bösel. Wir durften durch eure offene und leidenschaftliche Art so unglaublich viel von euch lernen. Danke für euer Vertrauen und euren Glauben an uns! Wir sind gerne in dem „Korridor" gegangen, den ihr für uns bereit gehalten habt.
Danke an Evelin und Klaus Brehm für die engagierte Verbreitung der Imago-Lehrinhalte.
Danke, Martin Hartl, uns deinen Bass wochenlang und gerne zu leihen.
Danke an dich, Katharina Piriwe, die du mit uns dranbleibst, zeichnest, malst, illustrierst – bis es uns wirklich allen passt.
Danke Renate Götz für dein Vertrauen, dein spontanes Ja, ein Buch von uns zu verlegen, deine fairen Bedingungen und die Wertschätzung AutorInnen gegenüber. So sollte unserer Meinung nach ein Verlag sein.
Danke Eva Denk für deine klare, konstruktive und wertschätzende Zusammenarbeit mit uns. Für dein tolles Layout und das gemeinsame Lachen trotz der vielen Arbeit. Toll!
Danke Hermi Bader für dein unermüdliches, so achtsames und wertvolles Lektorat.
Danke an all die hunderten SchülerInnen – an jede und jeden Einzelnen von euch – in unseren Schul-Workshops – ohne euer Interesse, eure Fragen, ehrliche Reaktionen wären dieses Buch und diese Lieder nie so toll geworden!
Danke allen PädagogInnen, die ihr uns in eure Klassen einladet und in unsere Fortbildungen kommt. Uns vertraut, mitgeht, die Inhalte weitertragt – auch ohne euch wäre dieses Buch so nicht möglich.

Danke auch an uns selbst, die wir neugierig waren und sind, das alles und noch mehr zu lernen. Wir freuen uns zu wachsen.
Zuletzt die Wichtigsten! Danke an unsere eigenen Kinder! Danke, Raphael, Selena und Béla! Ohne euch wären wir nicht die, die wir heute sind. Danke, dass ihr die kleine Ilka und den kleinen Viktor wieder wachgerufen habt, uns erinnert habt, wie es ist als Kind und wie es als Kind mit unseren Eltern war. Danke für eure Engelsgeduld und euer Verständnis! Und natürlich auch danke, dass ihr es aushaltet, die Lieder 100 mal zu hören, mitsingt, uns ehrlich sagt, welche Stellen schwierig sind, es ertragt, wenn wir euch nicht hören, und sagt: „Mama, ich habe dich schon gehört, aber du mich noch nicht!" Ihr lernt so viel schneller als wir. Bleibt genau so, wie ihr seid!
Ihr seid großartig und genau richtig.

Über uns

Ilka Wiegrefe

ist Psycho-Soziale Beraterin sowie Kinesiologin und diplomierte Lerncoach. Sie arbeitet an Schulen sowie pädagogischen Hochschulen zu Gewaltprävention und wertschätzender, gelingender Beziehungskultur.
Die von Harville Hendrix entwickelte Imago-Methode adaptierte sie für die pädagogische Arbeit und bringt damit eine ganz neue Sichtweise und vor allem auch neue Handlungsmöglichkeiten in Schulen und Familien.
Ilka Wiegrefe gründete die Initiative „Schulen lösen Mobbing" und bildet PädagogInnen und PsychologInnen mit einer sehr gut evaluierten Mobbing-Intervention fort mit dem Ziel, dass möglichst viele Schulen in Österreich bei Mobbing unter SchülerInnen rasch, selbstständig und kompetent handeln können.

Viktor Bauernfeind

ist Kinderliedermacher, Sozialpädagoge, Lebens- und Sozialberater.
In seiner Tätigkeit als Gewaltpräventionstrainer hat er Lieder „übers Streiten und wie wir Lösungen finden" sowie über „Inhalte zu Mobbingprävention und Integration" geschrieben und auf bisher zwei Tonträgern veröffentlicht. In Schulen, Kindergärten und auch auf großen Bühnen begeistert er in Mitmach-Konzerten. In Fortbildungen an pädagogischen Hochschulen gibt er sein Wissen an LehrerInnen weiter und arbeitet an Schulen zu Gewaltprävention und für eine gelingende Beziehungskultur.

2011 gründeten wir **Team Präsent** – Institut für Gewaltprävention und Beziehungskultur. Kernthema unserer Arbeit ist eine bewusste und wertschätzende Beziehungskultur als wichtigste Säule für Frieden und Potentialentfaltung. Ebenso bedeutsam sind unsere Erfahrungen und Gefühle als Eltern in einer Patchwork-Familie mit drei Kindern. Als Team Präsent entwickeln wir Materialien, führen Konzerte und Trainings mit SchülerInnen, Fortbildungen für PädagogInnen sowie Vorträge für gelingende Schulpartnerschaften (Eltern und LehrerInnen) an Schulen und Pädagogischen Hochschulen durch. Mit unseren Angeboten schaffen wir Kultur und wecken Kompetenz.

Habe ich dich gehört? ist das erste gemeinsame musikalische Kinderbuch von Ilka Wiegrefe und Viktor Bauernfeind. Die Inhalte des Buches können Sie auch als Schulworkshop, Fortbildung, Elternabend, Vortrag oder musikalische Lesung buchen.

Katharina Piriwe

ist in Niederösterreich geboren und lebt seit 2012 in Berlin. Nach einem Bühnenbildstudium in Wien ist sie freischaffend in Österreich und Deutschland tätig. Neben der Arbeit am Theater, u. a. Dschungel Wien, Theater Rudolstadt, Junges Theater Bonn und Theater Bonn hegt sie eine große Liebe zur Zeichnung. Illustrationen zu Stilblüten, für Programmhefte, CDs und Kinderbücher sind die Folge.
Nach den *Win Win* Liedern mit Viktor Bauernfeind ist *Habe ich dich gehört?* das zweite musikalische Buch, das gemeinsam mit Viktor Bauernfeind und Ilka Wiegrefe entstanden ist.

Unsere Materialien, die bisher erschienen sind

„Win Win Lieder“ CD + didaktisches Begleitheft
Ideal für Vorschule, Volksschule und zu Hause

„Team Songs“ – Mobbingprävention und Integration –
Lieder, die Gemeinschaft stärken
Ideal für 3.-5. Schulstufe
alle Texte zum Download auf unserer Website www.team-praesent.at

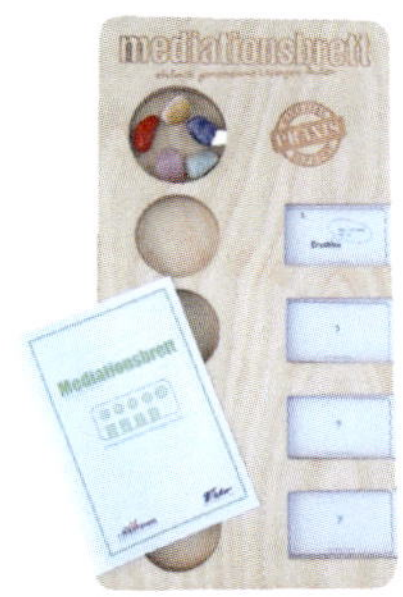

„Das Mediationsbrett“ – einfach gemeinsame Lösungen finden

Weitere Infos sowie Bestellungen unter:
www.team-praesent.at
info@team-praesent.at

Sowie Kinderlieder-CDs – ideal für Kindergarten und zu Hause
erschienen auf schlaurecords:
„Von Tatü Tata bis zum Suppensong“
„Schau dieses Licht“ – Neue Winter- und Weihnachtslieder
Demnächst: „Mein Besuch bei Oma und Opa“

Alle zu beziehen unter:
www.schlauelieder.at
viktor.b@schlauelieder.at

HABE ICH DICH GEHÖRT?